メガネすぐ
一緒に使う
おじいちゃんと
おばあちゃんが
私にはダイヤモンド
みたいに
輝やいてみえた。

ふみ・広瀬昌子
え・天野俊興

ふみ／**広瀬　昌子**（愛媛県 15歳）
「家族」への手紙（平成7年）入賞作品
え／**天野　俊興**（埼玉県 64歳）
「ひとつのメガネを使う幸せ」第11回
（平成17年）応募作品

パパは毎日
喜怒哀楽。
私もひーも
喜怒哀楽。
だけどママだけ
怒・怒・怒・
怒・怒……

ふみ・宮下雅美
え・山下美奈

ふみ／宮下　雅美（栃木県　9歳）
手紙「喜怒哀楽」（平成15年）入賞作品
え／山下　美奈（長崎県　3歳）
「だいすきなかぞく」第12回（平成18年）応募作品

天国で
お花見をしましたか。
私は
あなたの車椅子と一緒に
思い出のお花見…です。

ふみ・山根昌子
え・中川悦子

ふみ／山根　昌子（広島県76歳）
手紙「いのち」（平成14年）入賞作品
え／中川　悦子（愛媛県59歳）
「そちらでの初めての花見いかがですか?」第13回（平成19年）応募作品

猫のナルちゃんが
お母さんになった。

毎日毎日
私の目を見ている……
すてきだよ!

ふみ・大友京子
え・村上利久

ふみ／大友 京子（宮城県 44歳）
手紙「いのち」（平成14年）入賞作品
え／村上 利久（東京都 80歳）
「このこ達も家族の一員です」
第13回（平成19年）入賞作品

ふみ／中川千代子（愛媛県36歳）
「家族」への手紙（平成7年）応募作品
え／志賀野修市（新潟県80歳）
「大家族」第13回（平成19年）入賞作品

お金なんかないけど
元気いっぱいの
家族写真が……

なによりの自慢!!
バンザ〜イ。

ふみ・中川千代子
え・志賀野修市

もう
別れてやる…
と思うことが
ある。

でも貴男から言われたら
寝込んでしまうかも。

文・岩田清美
絵・塩谷美夏

ふみ／岩田　清美（群馬県 35歳）
「家族」への手紙（平成7年）入賞作品
え／塩谷　美夏（大阪府 16歳）
「父8月・母2月」第12回（平成18年）入賞作品

「私だと思って
下の世話を
してあげて」
というお母さん。
私、
いい嫁やってるよ。

文・篠原三千子
絵・浦井サカヱ

ふみ／**篠原三千子**（長野県 53歳）
「母」への手紙（平成6年）入賞作品
え／**浦井サカヱ**（京都府 76歳）
「介護・アーン」第6回（平成12年）入賞作品

ふみ／宮本　之郎（兵庫県63歳）
「愛」の手紙（平成7年）入賞作品
え／宇田　百華（愛媛県23歳）
「走れ！ラグビー犬」第9回（平成15年）応募作品

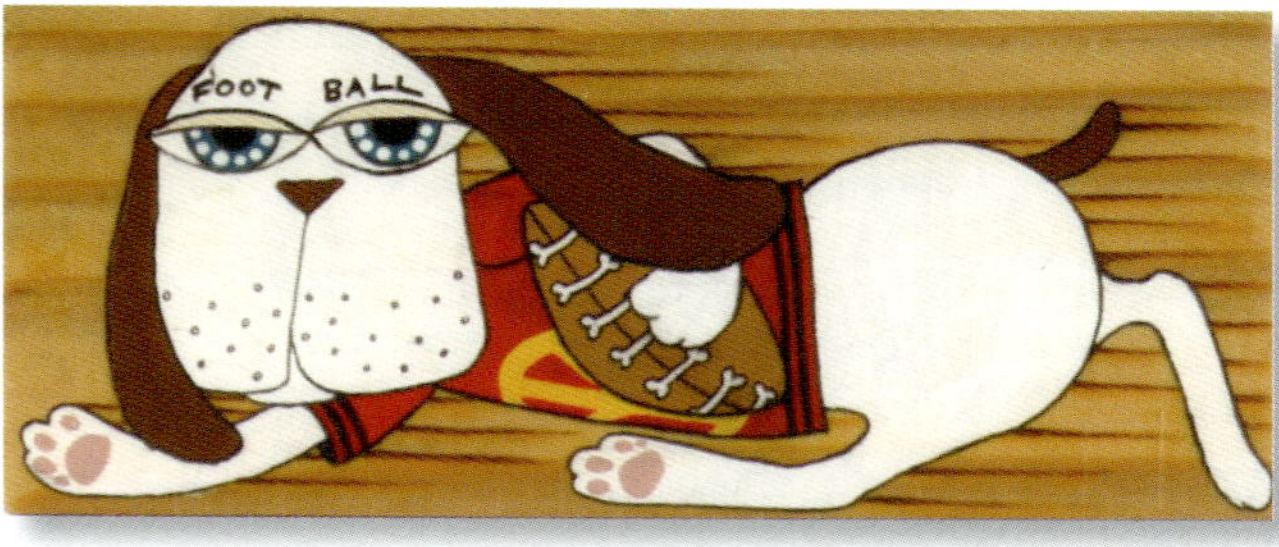

息子へ……

26のお前を見て
オレは考える

愛しすぎたのか
足りなかったのかと。

文・宮本之郎
絵・宇田百華

日本一短い手紙

喜怒哀楽

増補版

本書は、平成十四年度の第十回『一筆啓上賞 ―日本一短い手紙「喜怒哀楽」―』（財団法人丸岡町文化振興事業団主催、日本郵政公社（現 日本郵便）・住友グループ広報委員会後援）の入賞作品を中心にまとめたものである。

同賞には、平成十四年六月一日～九月三十日の期間内に八万三五一三通の応募があった。平成十五年一月二十八に最終選考、同二十九日に入賞者発表会が行われ、一筆啓上賞一〇篇、秀作一〇篇、住友賞一九篇、丸岡青年会議所賞二篇、佳作一五六篇が選ばれた。本書に掲載した年齢・都道府県名は応募時のものである。

同賞の選考委員は、黒岩重吾（故）小室等、俵万智、時実新子（故）、森浩一の諸氏でした。

※なお、この書を再版するにあたり、冒頭の8作品「日本一短い手紙とかまぼこ板の絵」を加えるとともに、再編集し、増補版としました。コラボ作品は一部テーマとは異なる作品を使用しています。

※財団法人丸岡町文化振興事業団は、平成二十五年四月一日より「公益財団法人丸岡町文化財団」に移行しました。

目次

入賞作品

一筆啓上賞

秀作

住友賞

丸岡青年会議所賞

目《め》を閉《と》じる瞬間《とき》
私《わたし》は貴方《あなた》との人生《じんせい》に
「喜怒哀楽《きどあいらく》」の
どの顔《かお》をするかしら

一筆啓上賞
［日本郵政公社総裁賞］

高橋　直美
青森県　31歳　主婦

喜怒哀楽《きどあいらく》って季節《きせつ》みたいだ。
1度《ど》に全部《ぜんぶ》来《こ》ないし、
何《なに》かを残《のこ》してすぎてゆく。

一筆啓上賞
［日本郵政公社総裁賞］
寺沢 紗裕里
岩手県 15歳 中学校3年

雨音《あまおと》で目《め》を覚《さ》ましたので
窓《まど》を見《み》たら
アジサイがのぞいて
笑《わら》っていました。

一筆啓上賞
［日本郵政公社総裁賞］
岸波 由佳
福島県 18歳 高校3年

母《はは》が怒《おこ》り出《だ》したから、
「だっ」と逃《に》げたら、
「だだっ」と母《はは》が追《お》って来《き》た。

一筆啓上賞
〔日本郵政公社総裁賞〕
石榑 美樹
新潟県 18歳 高校3年

いつの間《ま》にか付《つ》けていた心《こころ》の仮面《かめん》が、
今《いま》では勝手《かって》に感情《かんじょう》を作《つく》る。
本当《ほんとう》の感情《かんじょう》はどれ？

一筆啓上賞
［日本郵政公社総裁賞］
加藤 裕美子
福井県 15歳 高校1年

きみは小《ちい》さな足《あし》で
かわいい地《じ》団《だん》駄《だ》を踏《ふ》む。
いったい誰《だれ》から教《おそ》わったんだい？

こどもはどうして上手に地団駄を踏むのでしょう…。

一筆啓上賞
［日本郵政公社総裁賞］
塩見 直紀
京都府 37歳 自営業

家族全員《かぞくぜんいん》がいたときの玄関《げんかん》いっぱいの
あの喜怒哀楽《きどあいらく》の靴《くつ》たちはどこですか

一筆啓上賞
［日本郵政公社総裁賞］
中江 三青
鳥取県 54歳 会社員

一筆啓上賞
〔日本郵政公社総裁賞〕
井邑 勝
福岡県 69歳

畜生《ちくしょう》！あげたてのてんぷらが食《く》いてえ！
―ガ島《とう》で戦死《せんし》した兄《あに》からの最後《さいご》のハガキ―

昭和17年9月13日、ガダルカナル島で戦死した兄の背のうの中にあったハガキが届いたのは18年の6月だった。餓死したと思われる。

口元《くちもと》のわずかな動《うご》きで分《わ》かります。
かあさん、きょうはうれしいんだね。

一筆啓上賞
［日本郵政公社総裁賞］
金子 数栄
長崎県 59歳 農業

潮《しお》が引《ひ》いた浜辺《はまべ》に貝《かい》が二《ふた》つ。
お父《とう》さん、私達《わたしたち》みたいだね。
次《つぎ》の波《なみ》も 被《かぶ》り抜《ぬ》いていこう。

一筆啓上賞
［日本郵政公社総裁賞］
田中 久美子
熊本県 46歳 地方公務員

母の病死後、高齢の父との暮らしは親類の裏切り 父の病気などあり、父を一人で支えてゆくのは仲々大変です。けれど長生きして欲しいと願いを込めて投稿します。

あなたがいないから、
泣《な》いていたんじゃないの。
私《わたし》もいないから、
泣《な》いていたの。

秀作
［日本郵政公社北陸支社長賞］
齋藤 由喜枝
埼玉県 17歳 高校2年

暗記《あんき》した電話番号《でんわばんごう》、
まだ空《そら》で言《い》えるけど、
今《いま》や円周率《えんしゅうりつ》と同《おな》じ位《くらい》、
役《やく》には立《た》ちません。

秀作
［日本郵政公社北陸文社長賞］
田島 香苗
神奈川県 29歳 家事手伝い

ぼくのいえのうさぎは
よくわらうしよくおこるんだ。
ぼくはわかるんだ。

秀作
［日本郵政公社北陸支社長賞］
吉川 滉一
神奈川県 6歳 寄幼稚園

セールスマンよ。
お留守番《るすばん》ですかとは何言《なにごと》だ。
老《お》いても俺《おれ》は大黒柱《だいこくばしら》だぞ。

秀作
［日本郵政公社北陸支社長賞］
井部 時雄
新潟県 69歳

虹《にじ》が出《で》た時《とき》、
土筆《つくし》の頭《あたま》が見《み》えた時《とき》、
今年《ことし》初《はじ》めて燕《つばめ》を発見《はっけん》した時《とき》。
なんだか幸《しあわ》せ。

秀作
［日本郵政公社北陸支社長賞］
百瀬 舞
長野県 16歳 高校2年

先日《せんじつ》、満員電車《まんいんでんしゃ》で、席《せき》を譲《ゆず》られてね、
感謝《かんしゃ》したけれど、
何故《なぜ》か心《こころ》に、空席《くうせき》が出来《でき》たよ。

「友へ－」一筆啓上「哀楽」

秀作
［日本郵政公社北陸支社長賞］
宇井 久
大阪府 70歳 販売業

お母《かあ》さん、
ゴミ箱《ばこ》に「クズ入《い》れ」と書《か》いてあると
時々《ときどき》入《はい》りたくなります。

秀作
［日本郵政公社北陸支社長賞］
井手 悠馬
兵庫県 22歳 創造社デザイン

四時間目《よじかんめ》、
給食《きゅうしょく》までの授業時間《じゅぎょうじかん》の長《なが》いこと。
カレーは胃袋《いぶくろ》にしみわたる喜《よろこ》びの味《あじ》。

秀作
［日本郵政公社北陸支社長賞］
小笠原 真実
広島県 13歳 中学校2年

「お前《まえ》の努力《どりょく》と成績《せいせき》、反比例《はんぴれい》。」
その場《ば》は笑《わら》ってみたけれど、
家《いえ》に帰《かえ》って泣《な》いてみた。

秀作
［日本郵政公社北陸支社長賞］
森本 達弥
福岡県 13歳 中学校2年

ねぇあなた、
哀《かな》しみの次《つぎ》には楽《たの》しさが来《く》るんだよ。
もう一度《いちど》頑張《がんば》ってみようよ。

いろいろな事がうまくいかず落ちこんでいる主人、そして自分自身に対する励ましの手紙です。
〝喜怒哀楽〟ー昔の人々はこれらの四つの感情をなぜこの順番にしたのでしょうか？
その理由に着目しました。

秀作
［日本郵政公社北陸支社長賞］
赤瀬 悦子
長崎県 33歳 観光案内業

「喜《よろこ》び」はきっと1人《ひとり》じゃ作《つく》れないよ。
だって1人《ひとり》じゃうれしくないじゃん。

住友賞
榊原 薫
北海道 13歳 中学校2年

道案内《みちあんない》のお礼《れい》にジュースを貰《もら》った。
それ以上《いじょう》に
おじいさんの笑顔《えがお》がうれしかった。

住友賞
平澤 健太郎
岩手県 17歳 高校2年

怖《こわ》いのは、怒《おこ》っているのに笑《わら》っている人《ひと》。
偉《えら》いのは、哀《かな》しいのに笑《わら》っている人《ひと》。

住友賞
阿部 智幸
山形県 43歳 教員

パパは毎日《まいにち》、喜怒哀楽《きどあいらく》。
私《わたし》もひーも、喜怒哀楽《きどあいらく》。
だけどママだけ 怒怒怒怒怒《どどどどど》…

住友賞
宮下 雅美
栃木県 9歳 小学校3年

哀《かな》しみは怒《いか》りに似《に》てるって知《し》った。
君《きみ》は怒《おこ》りんぼじゃなく、
淋《さび》しがり屋《や》だったんだ。

住友賞
福田 喜邦
栃木県 32歳 派遣社員

淋《さび》しすぎるから、
今日《きょう》は明《あか》るい色《いろ》を着《き》てみました。
あなた、喪《も》中《ちゅう》なのにごめんなさい。

住友賞
黒澤 典子
千葉県 48歳 会社員

泣《な》いちゃったのは私《わたし》が犯人《はんにん》だからじゃなく、
先生《せんせい》に疑《うたが》われたのが哀《かな》しかったから。

住友賞
村谷 真理奈
富山県 15歳 高校1年

お母《かあ》さんが、
「おこるよ！」
と、いった時《とき》には
もうおこっているのが現実《げんじつ》

住友賞
橘 亜夕
福井県 13歳 中学校1年

女《おんな》がおこると、
もうじゅうになって男《おとこ》をおそう。
おこるとこわくなってしまう。

住友賞
浜岸 佑輔
福井県 10歳 小学校4年

喜《よろこ》びには花《はな》を、
怒《いか》りには水《みず》を、
哀《かな》しみには陽《ひ》を、
楽《たの》しみには時間《じかん》を与《あた》えてください。

住友賞
大澤 神世
静岡県 19歳 浪人生

好《す》きと言《い》われた。
うわっどうしよう…。
家《いえ》に帰《かえ》って大声《おおごえ》で叫《さけ》んだ
『ヨッシャー!!』

住友賞
高梨 智子
大阪府 17歳 高校3年

ほほえむだけのモナリザより、
怒《おこ》っている母《はは》の方《ほう》が万倍良《まんばいよ》い。

住友賞
畑林 真帆
大阪府 13歳 中学校2年

子供達《こどもたち》を育《そだ》てた部屋《へや》に
独《ひと》り大《だい》の字《じ》になる。
狭《せま》くて暖《あたた》かい。
広《ひろ》くて淋《さび》しい…。

住友賞
米本 久美子
岡山県 56歳

ようやく気《き》づいたよ
背伸《せの》びせず、卑下《ひげ》もせず
身《み》の丈《たけ》で生《い》きる
今《いま》の自分《じぶん》が好《す》き

住友賞
馬越 直子
香川県 54歳 筆耕業

釣《つ》りをしながら今《いま》、
海《うみ》の美《うつく》しさに感動《かんどう》しつつ、
魚《さかな》の素早《すばや》さに悔《くや》しさを覚《おぼ》えました。

住友賞
中村 悠資
香川県 12歳 中学校1年

骨粗鬆症《こつそしょうしょう》をも友《とも》として。
焦《あせ》るな。転《ころ》ぶな。お散歩《さんぽ》だ。
アンテナだけは高《たか》くあげ。

住友賞
森上 笑子
香川県 74歳 主婦

兄《あに》と私《わたし》は結婚《けっこん》。
お母《かあ》さんは離婚《りこん》。
もう二度《にど》と、
元《もと》の4人家族《にんかぞく》には戻《もど》れないのですね。

住友賞
増田 幸子
福岡県 32歳 主婦

拉致《らち》の「拉《ら》」が
怒《いか》り、哀《かな》しむ瞳《ひとみ》の中《なか》で
「泣《なき》」とかすんだ日《ひ》を忘《わす》れない。

住友賞
橋本 利光
福岡県 50歳 教員

教《おし》えてよ！
ボタン一《ひと》つで殺《ころ》せたというの？
あなたの家族《かぞく》がその街《まち》に住《す》んでいたなら。

住友賞
中川 真理恵
熊本県 14歳 中学校2年

4つにわけても、
たぶん均等《きんとう》にはならないだろうなぁ。
少《すく》なくとも今《いま》は。

丸岡青年会議所賞
南 麻衣
福井県 16歳 高校2年

きどあいらくって、なあに？
ぼくにもできることだっていってたよ。

丸岡青年会議所賞
中山 祥生
福井県 7歳 小学校1年

喜怒哀楽

佳作

一人娘《ひとりっこ》に、

「父親《ちちおや》のいない子《こ》にするけれど、ご免《めん》なあ」。

辛《つら》かったでしょう、胸《むね》が痛《いた》みます。

関口 朝子
北海道 63歳

「軍国《ぐんこく》の母《はは》」の表札《ひょうさつ》を叩《たた》きつけた祖母《そぼ》、
思《おも》いっきり泣《な》きたかったんだろうなあ。

小島 健治
北海道 74歳

お母《かあ》さん怒《おこ》りすぎ。
にぼし食《た》べな。
にぼしはカルシウムたくさん含《ふく》んでるから。

越智 圭佑
北海道 12歳 中学校1年

大《だい》ちゃん、君《きみ》は私《わたし》が訪《たず》ねると
手話《しゅわ》と奇声《きせい》とでんぐり返《がえ》しで喜《よろこ》びを表《あら》わす
素敵《すてき》だ

土井 彰
北海道 43歳 土木作業員

今後《こんご》の喜怒哀楽予測《きどあいらくよそく》
「怒《いかり》・怒《いかり》・怒《いかり》・怒《いかり》・ときどき哀《かなしみ》」
「喜《よろこび》と楽《たのしみ》は当分《とうぶん》ナシ」

守谷 一明
北海道 45歳 会社員

「喜怒哀楽《きどあいらく》」を、
そのままぶつけられたのは、
母《かあ》さん貴女《あなた》だけでした。

遠藤 恭子
北海道 60歳 主婦

雨《あめ》は好《す》き。
泣《な》き顔《がお》をかくせるから。
でもあなたは
カサを持《も》って待《ま》っててくれたね。

山本 弓
北海道　13歳　中学校2年

父《とう》さん、母《かあ》さん。
あなた達《たち》との思《おも》い出《で》が一番《いちばん》の
形見《かたみ》と笑《わら》って言《い》える様《よう》になりました。

山本 寿
青森県 41歳

停学明《ていがくあ》けの五時間目《ごじかんめ》にさ、
こっそり手《て》を振《ふ》ってくれたみんな、
嬉《うれ》しかったよ。

川上由記子
青森県 18歳 高校3年

あなたとの会話《かいわ》が
毎日《まいにち》私《わたし》の心《こころ》に積立《つみたて》貯金《ちょきん》されていきます。
今《いま》の私《わたし》は潤《うるお》ってます。

村田 千穂
岩手県 32歳 教員

ボール一《ひと》つあれば、
世界中《せかいじゅう》の誰《だれ》とだって
友達《ともだち》になれるんだってヨ。

成田 裕哉
岩手県 15歳 高校1年

卒業後《そつぎょうご》、
家《いえ》を出《で》る私《わたし》の話《はなし》で盛《も》り上《あ》がった夕食中《ゆうしょくちゅう》。
父《ちち》だけがしょんぼりしてた。

川原 久美子
岩手県 17歳 高校3年

うれしくても　かなしくても
泣《な》くと　モーレツに
腹《はら》がへるのよねワタシ

岩瀬 光江
宮城県 41歳 主婦

あなたに逢《あ》って初《はじ》めて
本気《ほんき》で怒《おこ》る事《こと》泣《な》くこと
そして笑《わら》うこと覚《おぼ》えました。

高橋 裕子
宮城県 21歳 公務員

ままはおこるけど、かわいいから、
あいかはいつも　ずっとだいすきです。

鈴木　愛花
宮城県　４歳　幼稚園

おれの気持《きも》ち考《かんが》えろって言《い》うけれど、
あなたは私《わたし》の気持《きも》ちを考《かんが》えた事《こと》ありますか？

高橋 結花
秋田県 18歳 高校3年

あ、うんの呼吸《こきゅう》で、これからもずっと、
あなたの車《くるま》イスを押《お》していきます。

小玉 暁子
秋田県 49歳 パートタイマー

子供《こども》のために釣《つ》りに出《で》かけたのに、
お父《とう》さんが子供《こども》に戻《もど》ってました。

松田 美香
山形県 15歳 中学校3年

友《とも》へ
出会《であ》って16年目《ねんめ》にして、初《はじ》めての大喧嘩《おおげんか》。
「喜怒哀楽《きどあいらく》」これで、4文字《もじ》揃《そろ》ったね。

斉藤 愛衣子
茨城県 32歳

昔《むかし》お世話《せわ》になった
おばあさんの家《いえ》がなかった
懐《なつ》かしい匂《にお》いと、
哀《かな》しい風《かぜ》がふいた。

岡本 裕次
茨城県 15歳 中学校3年

里芋《さといも》もできたぞ。
鈴虫《すずむし》の声《こえ》も美《うつく》しい。
月《つき》も大《おお》きく澄《す》んできた。
さあ、飲《の》みに来《こ》ないか。

津田 正義
茨城県 63歳

「ゆかちゃん楽《たの》しい。」

聞《き》くママの方《ほう》が楽《たの》しそう。

ママたくさんあそんであげるね。

舟橋 優香
茨城県 8歳 小学校3年

ケンカして寝《ね》たふりしていると、
母《はは》が私《わたし》の頭《あたま》をなでた。
「母《かあ》さん、ごめんね。」

大石 早姫
栃木県 12歳 中学校1年

関係《かんけい》ない人々《ひとびと》を
国《くに》にうらみがあるだけで殺《ころ》すな。
口《くち》があるなら話《はな》し会《あ》いを。

添田 大智
埼玉県 13歳 中学校1年

結婚式《けっこんしき》で怒《おこ》っている人《ひと》がいた。
葬式《そうしき》で笑《わら》っている人《ひと》がいた。
人間《にんげん》はむずかしい。

佐藤 要
埼玉県 27歳 フリーター

8月《がつ》15日《にち》。
戦争《せんそう》は良《よ》いものじゃない。
けど、その歴史《れきし》がなかったら今《いま》もないよね。

秋山 かおり
埼玉県 16歳

貶《けな》されるとシボム、
誉《ほめ》められると、
倍《ばい》に膨《ふく》らむ、
私《わたし》の心《こころ》のふうせん

佐藤　麗美
埼玉県　14歳　中学校2年

友達《ともだち》になって、
ケンカして楽《たの》しい事《こと》をして、
ずっと続《つづ》くと思《おも》った。
転校《てんこう》するまでは。

三浦 奨
埼玉県 14歳 中学校2年

「君《きみ》」という、喜怒哀楽《きどあいらく》の集合体《しゅうごうたい》に
「恋《こい》」という、化学反応《かがくはんのう》を起《お》こしてしまった。

堀部 真由美
埼玉県 25歳

掌《てのひら》にみかんをのせてあげると
「ウックシイノォ。」と喜《よろこ》んで、
祖母《そぼ》は逝《ゆ》きました。

馬場　登美子
埼玉県　45歳　主婦

みんな怒《おこ》らなくなりました。
親《おや》も、先生《せんせい》も、上司《じょうし》も、国民《こくみん》も……
これでよいのでしょうか

長谷川 知恵子
埼玉県 64歳 講師

貴方《あなた》をいつから好《す》きだろう
貴方《あなた》をいつまで好《す》きだろう
好《す》きの後《あと》には何《なに》があるの

園部 恭子
埼玉県 29歳 フリーター

職人《しょくにん》になりきれない君《きみ》、
初《はじ》めて親方《おやかた》の俺《おれ》に怒《いか》りをぶつけてきた時《とき》
頼《たの》もしかった

金久保 正男
埼玉県 51歳

あなたが引《ひ》っこした次《つぎ》の日《ひ》、
一人《ひとり》いなくなっただけなのに
クラスが静《しず》かに感《かん》じた。

横溝 理恵
埼玉県 13歳 中学校2年

一《ひとつ》、産《う》むことも育《そだ》てる事《こと》も終《お》え気楽《きらく》
一《ひとつ》、やすらぎは遺影《いえい》の前《まえ》のひとりごと

金森 美代子
千葉県 82歳 主婦

何《なに》をしている時《とき》が楽《たの》しい？
と聞《き》かれた時《とき》に、
答《こた》えられなかった自分《じぶん》が哀《かな》しい。

若狭 慶子
千葉県 17歳 高校3年

ママとおばあちゃん、
ケンカするならストレートにして下《くだ》さい。

吉場 友香
千葉県 17歳 高校3年

おばあちゃんへ、
離《はな》れてるから寂《さび》しいけど、
離《はな》れてるから会《あ》う時《とき》がうれしいよ。

松崎 友紀
千葉県 15歳 中学校3年

出戻《でもど》り娘《むすめ》に笑顔《えがお》だなんて
父《とう》さんの喜怒哀楽《きどあいらく》は少《すこ》しヘンテコ。
だけど、助《たす》かった。

吉岡 秀子
東京都 35歳 フリーター

酔《よ》ってる父《ちち》は嫌《きら》い。
土足《どそく》で心《こころ》に踏《ふ》みこまないで。
靴《くつ》をぬいで、瞳《め》で会話《かいわ》しようよ。

粟野 友美子
東京都 14歳 中学校3年

ブッシュ大統領《だいとうりょう》へ
人間《にんげん》という「財産《ざいさん》」を
失《うしな》っても良《よ》いのですか。

板子 太陽
東京都 15歳 中学校3年

留学地《りゅうがくち》ロンドン十二年《じゅうにねん》ぶりの旅《たび》
懐《なつ》かし楽《たの》し興奮《こうふん》の電話《でんわ》
七日後《なのかご》ＮＹテロ帰《かえ》らぬ息子《むすこ》

恩田チエ
東京都　65歳　主婦

夫《おっと》へ
「この煮物《にもの》うまいな」に免《めん》じて
靴下《くつした》脱《ぬ》ぎっぱなしなの
今日《きょう》は目《め》をつむってあげる

小林 郁子
東京都 29歳 主婦

雑草《ざっそう》は、喜怒哀楽《きどあいらく》がないのかい。
踏《ふ》まれたら怒《おこ》ればいいし、
水《みず》を貰《も》らったら喜《よろこ》びなよ。

永島 淳貴
東京都 13歳 中学校1年

「元気《げんき》でな。」別《わか》れる時《とき》の合言葉《あいことば》。

葬儀《そうぎ》の時《とき》も言《い》ったんだ。

「母《かあ》ちゃん、元気《げんき》でな。」

広瀬 晶博
東京都 39歳 会社員

使用上《しようじょう》の注意《ちゅうい》をよく守《まも》って、
（喜怒哀楽《きどあいらく》は）正《ただ》しくお使《つか》い下《くだ》さい。

槇原 宏樹
東京都 16歳 高校2年

空手《からて》を始《はじ》めて4年《ねん》。黒帯《くろおび》が取《と》れた。
うれしくて何《なん》度《ど》も帯《おび》をしめ直《なお》した。

小野崎　翔太
神奈川県　13歳　中学校1年

笑《わら》ってるの？
泣《な》いてるの？
メールなんかじゃわからない。
あなたに会《あ》いたい。

名島 友美
神奈川県 27歳 幼稚園教諭

夏《なつ》の喜《よろこ》び　アイス
夏《なつ》の怒《いか》り　36度《ど》
夏《なつ》の哀《かな》しみ　セミの死《し》
夏《なつ》の楽《たの》しみ　花火《はなび》

猪股　加奈子
新潟県　15歳　中学校3年

人《ひと》が死《し》ぬ時《とき》は、
刺《さ》されたり銃《じゅう》で撃《う》たれた時《とき》ではない。
人《ひと》に忘《わす》れられた時《とき》だ。

島 豪太
新潟県 16歳 高校1年

体育祭《たいいくさい》も文化祭《ぶんかさい》も終《お》わっちゃったね。
準備《じゅんび》してる時《とき》に戻《もど》りたいよね。でしょ？

坂上美里
新潟県 17歳 高校2年

ほら、あの蛍《ほたる》、
特攻隊《とっこうたい》として出撃《しゅつげき》して行《い》った父《ちち》の
哀愁《あいしゅう》帯《お》びた悲《かな》しい里帰《さとがえ》りなんだよ。

伊藤 ヤスクニ
富山県 70歳

ひとりで全部《ぜんぶ》食《く》ってやる。
母《はは》の作《つく》った兄《あに》の大好《だいす》きなおかず。
また、太《ふと》りそう。

高畠 依里
富山県 13歳 中学校1年

どうして座敷《ざしき》に虫《むし》とかおるが？
裸足《はだし》やったんに踏《ふ》んでしまったないけ！

磯辺 真帆
富山県 17歳 高校3年

心《こころ》の花火《はなび》
哀《かな》しみ、怒《いか》り——線香花火《せんこうはなび》
喜《よろこ》び、楽《たの》しさ——打《う》ち上《あ》げ花火《はなび》
いろんな色《いろ》をもっている

宮崎　志保
福井県　16歳　高等専修学校

怒《いか》りという刃《やいば》には良《よ》い鞘《さや》が必要《ひつよう》でしょう。
鞘《さや》を捨《す》てて、刃《は》だけ研《と》いでいませんか。

坂下 勇太
福井県 17歳 高校3年

喜《よろこ》びって、
心《こころ》の中《なか》のたくさんの花《はな》のつぼみが、
パッと開《ひら》く、そんな感《かん》じ。

水元 麻衣
福井県 14歳 中学校2年

大統領《だいとうりょう》の一言《ひとこと》で、
怒《いか》りと悲《かな》しみの世界《せかい》に変《か》わってしまう。
そんなの有《あ》りですか。

石田　亮介
福井県　14歳　中学校3年

メールの中《なか》の（笑《わらい》）
あんたは本当《ほんとう》に笑《わら》ってる？
俺《おれ》は本当《ほんとう》に笑《わら》ったことがない。

西原 世弥
福井県 17歳 高校3年

風呂場《ふろば》まで聞《き》こえる激《はげ》しい皿洗《さらあら》いの音《おと》。
私《わたし》も負《ま》けじと階段《かいだん》踏《ふ》み鳴《な》らして歩《ある》く。

武田 梨江
福井県 16歳 高校2年

メールをバカにしないで下《くだ》さい。
私《わたし》が唯一《ゆいいつ》、素直《すなお》になれる方法《ほうほう》だから。

竹内 三奈子
福井県 17歳 高校3年

中学生《ちゅうがくせい》になった。中学校《ちゅうがっこう》は
喜《よろこ》び、怒《いか》り、哀《かな》しみ、楽《たの》しみに
あふれている。
がんばりたい。

松原 幹
福井県 12歳 中学校1年

ここが正念場《しょうねんば》とゆうときに、
脳《のう》から喜怒哀楽《きどあいらく》のうちの一人《ひとり》が、
出動《しゅつどう》するんだ。

宿澤 光世
福井県 11歳 小学校6年

喜怒哀楽《きどあいらく》とは人間《にんげん》の四《よっ》つの歯車《はぐるま》だ。
どれか一《ひと》つでもかけたら、動《うご》かない。

木村 彰宏
福井県 17歳 高校3年

心《こころ》から染《し》みでてくるモノ。
胸《むね》が苦《くる》しくなったり、ワクワクしたり。
なくしたくないな。

竹内 のぞみ
福井県 17歳
養護学校高等部3年

「むかつく」よりも「うざい」よりも、
「しらん」の一言《ひとこと》がたまらない。

孝久 由輝子
福井県 26歳 中学校教諭

神様《かみさま》、あの人達《ひとたち》の奪《うば》われた時間《じかん》、
何《なん》とかしてあげて。
私《わたし》には祈《いの》ることしかできない……。

遠藤 美佐子
山梨県 45歳 農業

僕《ぼく》の中《なか》にいる怒《いか》りへ。
もう少《すこ》し穏《おだ》やかに登場《とうじょう》して下《くだ》さい。
こっちの身《み》がもちません。

野澤 美香
山梨県 15歳 中学校3年

死出《しで》の旅《たび》は喜《よろ》こびだと言《い》った母《はは》78才《さい》、
白雪姫《しらゆきひめ》のように眠《ねむ》る。私《わたし》もこうありたい

池田やよひ
長野県 54歳 主婦

両親《りょうしん》へ
主人《しゅじん》の悪口《わるくち》は許《ゆる》せません。
あなた方《がた》の「子供《こども》」を辞《や》めます。

江元 敬子
長野県 34歳

テニス部《ぶ》がとても楽《たの》しかった。
車椅子《くるまいす》で追《お》って打《う》った球《たま》が
ネットを越《こ》えた時《とき》の喜《よろこ》び。

小松 真弓
長野県 15歳 中学校3年

一目《ひとめ》で見抜《みぬ》かれてしまう喜怒哀楽《こころのうち》、
一度《いちど》でいいからナゾめいた女《ひと》と言《い》われたい。

高羽 亀代子
長野県 61歳 主婦

たった一言《ひとこと》『負《ま》けんなよ！』と
書《か》かれたメールが、
今《いま》の私《わたし》のお守《まも》りです♡

中村 惇
長野県 16歳 高校2年

バイトでふるまうこの笑顔《えがお》、
嘘《うそ》とわかっているから
やってられるんだよね。

田中 洋平
長野県 16歳 高校2年

脳梗塞《のうこうそく》で片麻痺《かたまひ》になった父《ちち》。
だから左半分《ひだりはんぶん》だけの笑顔《えがお》に思《おも》いがこもる。

穂苅 稔
長野県 45歳 高校教員

ムカツク、キレる、
そんな言葉《ことば》を使《つか》いすぎて
忘《わす》れかけていませんか、
怒《おこ》るという感情《かんじょう》。

本藤 貴一
長野県 15歳

〝叱《しか》られるから止《や》めなサイ…〟
『馬鹿言《ばかい》うな…』
自分《じぶん》が生《う》んだ子《こ》、あんたが叱《しか》れッ…。

小野木 昌紫
岐阜県 74歳 郵便局

笑《わら》う門《かど》には福来《ふくきた》る。
その続《つづ》きを知《し》ってる？
怒《おこ》る門《かど》には鬼来《おにき》たるだよ。
お母《かあ》さん。

可児 裕基
岐阜県 13歳 中学校2年

「父危篤《ちちきとく》。スグ帰《かえ》レ。」

メールで笑《わら》えない冗談《じょうだん》送《おく》るのやめてよね。

お父《とう》さん。

大前 恵
岐阜県 17歳 高校3年

わすれないで。永久《えいきゅう》に。
あの日《ひ》の戦争《せんそう》犠牲者《ぎせいしゃ》たちの、魂《たましい》の叫《さけ》びを。

小瀬 成子
岐阜県 68歳 主婦

切《せつ》ないドラマに惜《お》しげなく出《で》る涙《なみだ》。
友人《ゆうじん》の死《し》には一滴《いってき》も出《で》なかった。
涙《なみだ》って、飾《かざ》り？

山わかな
静岡県　23歳　会社員

報復《ほうふく》の繰《く》り返《かえ》しからは
怒《いか》りと哀《かな》しみしか残《のこ》らない。
今《いま》こそ、愛《あい》の尊《とうと》さを皆《みな》、考《かんが》えよう。

渡辺 恵里香
静岡県 37歳 会社員

父《とう》さん知《し》ってるよ。ゆめじゃないよ。
父《とう》さん母《かあ》さんにだきついてキスしてる事《こと》。

山田　真裕
愛知県　9歳　小学校4年

和太鼓《わだいこ》をはじめて三年《さんねん》、
いつか人生《じんせい》の喜怒哀楽《きどあいらく》を表現《ひょうげん》できる
太鼓打《たいこう》ちになりたい。

間瀬木 昭子
愛知県 37歳 パート事務

「キレる」って、
「怒《おこ》る」とも「怒《いか》る」とも違《ちが》うよ。
こっちを向《む》いてよ。
ちゃんと話《はな》そうよ。

末原　文
愛知県　26歳　教員

少年期《しょうねんき》、喜怒哀楽《きどあいらく》。
青年期《せいねんき》、**喜怒哀楽**《きどあいらく》。
壮年期《そうねんき》、喜怒哀楽《きどあいらく》。
還暦後《かんれきご》、喜怒哀楽《きどあいらく》。
娘《むすめ》よ、私《わたし》の足跡《そくせき》だ。

城谷 忠昭
愛知県 65歳 会社嘱託

会《あ》えなかった時《とき》より
「またね」って言《い》った次《つぎ》の朝《あさ》
もっと会《あ》いたいのはなぜ？

神谷 淳子
愛知県 28歳 作業療法士

ユウコちゃん、
「今《いま》までありがとね」より
「助《たす》けて」って言《い》ってほしかった。

伊東 弘子
愛知県 28歳 主婦

高校留年決定《こうこうりゅうねんけってい》に、角《つの》のはえたお袋《ふくろ》と
「俺《おれ》と同《おな》じだ」と爆笑《ばくしょう》する変《へん》なオヤジ。

梅村 怜
三重県 16歳 高校1年

子《こ》どもの笑顔《えがお》は心《こころ》の消《け》しゴム。
私《わたし》のどんな思《おも》いも消《け》してくれる。
もうちょっとがんばﾞ!!

大河内 益子
三重県 41歳 保育園

あの頃《ころ》は怒《おこ》っていても
少《すこ》しの薔薇《ばら》で機嫌《きげん》がなおったね。
今《いま》では何本《なんぼん》必要《ひつよう》かな。

奥村 博己
京都府 45歳 公務員

小《ちい》さい頃《ころ》と「楽《たの》しい事《こと》」
ずいぶん変《か》わったなぁ
やけにお金《かね》がかかるんだよね

河村 祐三子
京都府 15歳 高校1年

「親《おや》に対《たい》してうるさいとは何《なん》だ！」
と怒鳴《どな》りつつ、
息子《むすこ》の自立宣言《じりつせんげん》を秘《ひそ》かに喜《よろこ》ぶ私《わたし》です。

水流 志津子
京都府 49歳 主婦

一人《ひとり》で過《す》ごす寒《さむ》い夜《よる》に
突然《とつぜん》君《きみ》からのメールが届《とど》いた。
部屋《へや》が明《あか》るくなった。

池側 菜穂
大阪府 15歳 高校1年

喜怒哀楽《きどあいらく》が大《おお》げさすぎて困《こま》る我《わ》が子《こ》。
それがない日《ひ》は体調不良《たいちょうふりょう》でまた困《こま》る。

牛尾 律子
大阪府 34歳 主婦

発表《はっぴょう》します。
私《わたし》の「怒《いか》り」ベストスリー。
三位《さんい》、政治家《せいじか》。
二位《にい》、戦争《せんそう》。
一位《いちい》、私《わたし》の皮下脂肪《ひかしぼう》。

岡田 マチ子
大阪府 43歳 主婦

なんでぶつかり合《あ》うんだろう？
誰《だれ》だってそんな事《こと》は避《さ》けたいはずなのに。
不思議《ふしぎ》。

黒木 重雄
大阪府 16歳 高校2年

「おばあちゃん、また来《く》るね。」
ホームで買《か》ってもらった冷凍《れいとう》みかんは
淋《さび》しい味《あじ》でした。

黒田 景子
大阪府 13歳 中学校2年

文部科学大臣《もんぶかがくだいじん》へ。
学校五日制《がっこういつかせい》で僕《ぼく》らは喜《よろこ》んでいますが、
頭《あたま》は悪《わる》くなりませんか。

井上 卓也
大阪府 12歳 中学校1年

病気《びょうき》で立《た》てなくなり
売《う》られていったお前《まえ》。
悲《かな》しかった、くやしかった！
お前《まえ》は私《わたし》の牛《うし》。

宮本 邦子
大阪府 18歳 高校3年

お父《とう》さんが毎日《まいにち》
東京《とうきょう》からかけてくれはる電話《でんわ》、
ほんまはめっちゃうれしいんよ。

野山 直美
大阪府 18歳

「おいしいね」の孫《まご》のひと言《こと》がうれしくて
今日《きょう》も夕食《ゆうしょく》を作《つく》っています

佐藤 百合子
大阪府 68歳

小《ちい》さい時《とき》から、
よく行《い》くスーパーが閉店《へいてん》した。
友達《ともだち》がいなくなった気分《きぶん》だった。

鈴木 素子
大阪府 27歳 販売員

先生《せんせい》くたくたや。
けど最後《さいご》まであんたらと
運命共同体《うんめいきょうどうたい》やからな！

谷澤 素子
大阪府 24歳 教師

吉報《きっぽう》を信《しん》じて待《ま》ってた拉致問題《らちもんだい》、
あまりにも痛《いた》ましい
若《わか》い生命《いのち》が悲《かな》しすぎます。

永田 和子
大阪府 60歳 主婦

携帯電話《けいたいでんわ》には、人《ひと》の心《こころ》が沢山《たくさん》詰《つ》まってる。
あなたの名前《なまえ》の隣《となな》りには、ハートの記号《きごう》。

池田 志織
大阪府 15歳 高校1年

娘《むすめ》の結婚《けっこん》が近《ちか》づいて、
何《なん》とも言《い》えぬ寂《さび》しさが
大《おお》きな喜《よろこ》びの邪魔《じゃま》をしています。

戸嶋信夫
兵庫県 55歳

涙《なみだ》。どうして溢《あふ》れ出《で》るの？
それは気持《きも》ちを体《からだ》で支《ささ》えきれなくなったから
出《で》るみたい。

藤田 理恵
兵庫県 17歳 高校大屋校3年

私《わたし》たちが言葉《ことば》の通《つう》じない国《くに》に行《い》っても
喜怒哀楽《きどあいらく》は伝《つた》わる。
それってすごいよね。

田中 杏奈
兵庫県 14歳 中学校2年

つらい時《とき》だけ、
お父《とう》ちゃん　お父《とう》ちゃんと
天国《てんごく》から呼《よ》び出《だ》してごめんなさい。

鈴木 順子
兵庫県　52歳　会社員

哀《かな》しみの半身《はんしん》マヒ、
喜《よろこ》びの残《のこ》る右手《みぎて》
電動《でんどう》椅子《いす》でさんぽ、
夕《ゆう》やけが美《うつく》しい。

河合 深雪
兵庫県 67歳

思《おも》い出《で》にできる喜《よろこ》びと
思《おも》い出《で》になってゆく悲《かな》しみ。
難《むずか》しいよな。

采女 明徳
兵庫県 17歳 高校2年

「会《あ》いたかったです」
の言葉《ことば》に歴史《れきし》を感《かん》じます。
笑顔《えがお》のステキな、
あなたに会《あ》いたい

松嶋 修子
奈良県 48歳 保育士

母《かあ》さんにこんなに優《やさ》しい顔《かお》があったんや。
でも老人性痴呆症《ろうじんせいちほうしょう》だって。悔《くや》しいな。

田畑 幸子
奈良県 60歳 主婦

本当《ほんとう》は母《はは》と住《す》みたい。さみしいです。
言《い》いづらいので手紙《てがみ》に書《か》きました。

上田 真路里
奈良県 13歳 中学校2年

喜怒哀楽《きどあいらく》は心《こころ》の絵《え》の具《ぐ》です。
たくさんの色《いろ》を作《つく》って
大好《だいす》きな絵《え》を描《えが》いて下さい。

財津 直美
島根県 17歳 高校3年

「みんなで謝《あや》まろう。」っていったのに。
なぜ俺《おれ》だけが職員室《しょくいんしつ》に？

浜崎 顕行
広島県 17歳 高校3年

スコアボードを見《み》て哀《かな》しかった。
必死《ひっし》の練習《れんしゅう》、試合前《しあいまえ》の緊張《きんちょう》、
全部《ぜんぶ》忘《わす》れない、忘《わす》れない。

楢﨑 紘生
広島県 15歳 高校1年

父《ちち》の日《ひ》にくれた
「一緒《いっしょ》にお風呂《ふろ》に入《はい》る券《けん》」
あと五年《ごねん》は使《つか》わずにおくよ。

岩本 幸久
広島県 43歳 公務員

悪口《わるくち》を言《い》われ、
言《い》い得《え》て妙《みょう》と感心《かんしん》する
腹《はら》の立《た》たない自分《じぶん》が腹立《はらだ》たしい

和泉 伸吾
広島県 15歳 高校1年

まずい。また涙《なみだ》だ…。
ことばより先《さき》に、
こころが溢《あふ》れてしまう。
まいったなぁ。

山本 華織
広島県 43歳

人間《にんげん》を高等《こうとう》だと思《おも》うのは止《や》めて下《くだ》さい。
醜《みにく》い欲望《よくぼう》を見《み》る度《たび》に哀《かな》しくなります。

藤井 優子
山口県 16歳 高校2年

三十一時間《さんじゅういちじかん》かけてあなたを産《う》みました。
溢《あふ》れでた涙《なみだ》。あんな涙《なみだ》は初《はじ》めてでした。

細谷 真理子
山口県 31歳 化粧品販売

旅《たび》の記念《きねん》に貯金《ちょきん》をしたら、
丸岡郵便局《まるおかゆうびんきょく》のハンコを押《お》してくれた。
うれしかった。

原田 富枝
山口県 36歳 会社員

お二人《ふたり》の会見《かいけん》をテレビで見《み》ました。
あの涙《なみだ》の色《いろ》の深《ふか》さを決《けっ》して忘《わす》れません。

大下 静子
山口県 56歳 主婦

お年玉《としだま》　ありがとう
でも　ちょっぴり　さびしかった
老《お》いを感《かん》じて。

井町　正秀
山口県　66歳

「我慢《がまん》しなくていいよ」と言《い》ったら、
大粒《おおつぶ》の涙《なみだ》を流《なが》した娘《あなた》。
あれから強《つよ》くなったね。

田村 道子
徳島県 50歳 主婦

なぜ平気《へいき》で嘘《うそ》をつくの
一番最初《いちばんさいしょ》に一番大《いちばんおお》きな声《こえ》で届《とど》くのは
君《きみ》の耳《みみ》なのに

一色 恵里
香川県 38歳 高校教員

僕《ぼく》うれしかったよ
PKの5人《にん》に初《はじ》めて選《えら》ばれ、
シュート　決《き》めたんだよ

高井　星弥
愛媛県　10歳　小学校5年

お前《まえ》の怒《いか》り、よく分《わ》かる。
その「心《こころ》」を「力《ちから》」に変《か》えよ。
それが「努力《どりょく》」ってことだ。

御厩 祐司
愛媛県 32歳 地方公務員

家族《かぞく》っていっしょにいるとうるさい。
けど、離《はな》れると哀《かな》しい。家族《かぞく》って大切《たいせつ》。

露口 太伊地
愛媛県 13歳 中学校2年

太陽《たいよう》を背負《せお》って　畑仕事《はたけしごと》をした母《はは》の
汗《あせ》のにおいを　憶《おぼ》えている

森本　直子
愛媛県　47歳　調理員

僕《ぼく》の母《はは》は、
怒《おこ》っている時《とき》に電話《でんわ》がなったら、
優《やさ》しい声《こえ》に変《か》わり
終《お》わったらまた怒《おこ》る

丸山 雄基
福岡県 15歳 中学校3年

僕《ぼく》の家《いえ》は、父《ちち》が怒《おこ》れば僕《ぼく》が怒《おこ》り、
最後《さいご》には母《はは》が怒《おこ》るという、
外温性動物《がいおんせいどうぶつ》の様《よう》な家族《かぞく》だ。

奥田 崇文
福岡県 13歳 中学校2年

黄色《きいろ》く喜《よろこ》び赤《あか》く怒《おこ》る、
青《あお》く哀《かな》しみ橙《だいだい》に楽《たの》しむ、
白《しろ》い表情《ひょうじょう》に四《よん》色《しょく》の表情《ひょうじょう》が描《えが》かれる。

法村 祐里
福岡県 14歳 中学校3年

喜《よろこび》は心《こころ》を照《て》らす太陽《たいよう》
怒《いかり》は心《こころ》を覆《おお》い隠《かく》す雲《くも》
哀《かなしみ》は心《こころ》につもる雪《ゆき》
楽《たのしみ》は心《こころ》を支《ささ》える大地《だいち》

中垣 智博
福岡県 16歳 高校1年

コトバってステキ。
喜怒哀楽《きどあいらく》の順番《じゅんばん》て人《ひと》の一生《いっしょう》の様《よう》。
流転《るてん》の先《さき》に悦楽《えつらく》がある。

佐藤　愛美
福岡県　31歳　家事手伝い

神様《かみさま》、
全《すべ》ての人《ひと》の幸福《しあわせ》を回収《かいしゅう》して、
皆《みな》に平等《びょうどう》に振《ふ》り分《わ》けてください。

笠井　優樹
福岡県　16歳　高校1年

ごめんね。いつも疲《つか》れた顔《かお》で帰《かえ》ってきて。
本当《ほんとう》は、一番《いちばん》いい笑《え》顔《がお》を見《み》せたいのに。

大瀧 智子
福岡県 41歳 保育士

いつもより目覚《めざ》めの遅《おそ》い妻《つま》を見《み》て、
そっと手《て》かざし、
寝息《ねいき》を確《たし》かめて、安堵《あんど》した。

徳光 希大
佐賀県 78歳

喜怒哀楽《きどあいらく》は一日《いちにち》一万回《いちまんかい》も変《か》わるそう。
夫婦《ふうふ》二十五年目《にじゅうごねんめ》でも、
今《いま》も心《こころ》をつかめない。

長谷 いつ子
佐賀県 49歳 主婦

父《ちち》よ。
私《わたし》が沢山《たくさん》食《た》べると、
「太《ふと》る太《ふと》る!。」ってうるさいなぁ!
食《た》べないと心配《しんぱい》するくせに。

畑島 昭子
佐賀県 17歳 高校2年

私《わたし》が泣《な》きながら話《はな》したら、
お母《かあ》さんは泣《な》きながら聞《き》いてくれた。
嬉《うれ》しかったよ。

小川 幸恵
長崎県 16歳 高校2年

沢山《たくさん》笑《わら》った日《きょう》は疲《つか》れた。
沢山《たくさん》怒《おこ》って泣《な》いた日《ひ》も疲《つか》れた。
疲《つか》れない日《ひ》はものたりない。

山下まりか
熊本県　17歳　高校2年

怒《おこ》られるのは嫌《いや》だったけど、
怒《おこ》られなくなってからが一番《いちばん》きつかった。

川上優
熊本県 16歳 高校1年

うれしい事《こと》も悲《かな》しい事《こと》も、
すぐ顔《かお》にでてしまう母《はは》も私《わたし》も…。
親子《おやこ》だなぁ。あいかわらず…。

中尾 美奈湖
大分県 43歳 保育士

テレビ痴呆《ぼけ》、携帯《けいたい》痴呆《ぼけ》、
中年《ちゅうねん》痴呆《ぼけ》、老《お》い痴呆《ぼけ》、
忘《わす》れてました平和《へいわ》ボケ、
日本《にほん》は痴呆《ぼけ》の国《くに》

伊東 眞純
大分県 81歳

お母《かあ》さん。
母《はは》の日《ひ》の前日《ぜんじつ》に僕《ぼく》が買《か》い物《もの》に行《い》く時《とき》に、
目《め》で期《き》待《たい》するのはやめて下《くだ》さい。

金丸 将平
大分県 15歳 中学校3年

哀《かな》しいな、
喜《よろこ》んであげたいけど怒《おこ》ってますお母《かあ》さんは。
メール一本《いっぽん》の結婚《けっこん》宣言《せんげん》

蔵満 智子
宮崎県 50歳 パート

例《たと》えば庭《にわ》のこでまりが
静《しず》かに揺《ゆ》れただけなのに、
涙《なみだ》があふれて止《と》まりません。

田中 福代
鹿児島県 37歳 主婦

杖《つえ》があれば、歩《ある》きたい。
車椅子《くるまいす》があれば、海《うみ》を見《み》たい。
翼《つばさ》があれば、空《そら》を飛《と》びたい。

網屋 和哉
鹿児島県 60歳

敵《てき》の銃口《じゅうこう》に両手《りょうて》広《ひろ》げ
父《ちち》を救《すく》った貴女《あなた》は12才《さい》、
その心《こころ》に人間《にんげん》の喜《よろこ》び学《まな》びました。

嘉手納 房子
沖縄県 62歳 主婦

弟《おとうと》へ、
どんな時《とき》でもお菓子《かし》をあげればすぐ笑顔《えがお》。
簡単《かんたん》すぎるよその性格《せいかく》。

高良 恵里香
沖縄県 16歳 高校2年

あいさつは返《かえ》されると喜《よろこび》。
無視《むし》されると怒《いかり》。
きいてないと哀《かなしみ》。
先《さき》に言《い》われると楽《たのしみ》。

仲宗根 琴乃
沖縄県 13歳 中学校2年

人間《にんげん》の感情《かんじょう》を
たった四文字《よんもじ》にまとめてはだめだ。
人《ひと》の感情《かんじょう》は単純《たんじゅん》じゃない。

譜久島龍
沖縄県 17歳 高校2年

私《わたし》はなきたい時《とき》、
とてもからい食物《たべもの》を食《た》べます。
だから、私《わたし》の涙《なみだ》はだれも知《し》りません。

シャーリー・Hung
カナダ　21歳　大学生

あとがき

〝喜怒哀楽〟とは一筆啓上賞の第一回からのテーマです。「母」の時も「家族」の時も、母の喜怒哀楽、家族の喜怒哀楽を探し続けてきました。

第十回の記念すべきテーマを〝喜怒哀楽〟としてのは言わば必然であったのかもしれません。これまでの総まとめの第十回、八万三五一三通の作品が寄せられました。年々進んでいる学校関係の応募が、独自の選考を重ねた結果、数は若干減じたものの参加者は相当あるようです。学校教育のなかで重視していただいていることに感謝します。

日本郵政公社（現　日本郵便）の皆様にはこの激動の郵便事業のなかで、しっかりと見つめていただきました。

住友賞誕生です。住友グループ広報委員会が基本理念としている〝大切なこと人から人へ〟を踏まえながら、蕾《つぼみ》もふくらみ花ひらく予感があります。

この増補改訂版発刊にあたり、丸岡町出身の山本時男さんがオーナーである株式会社中央経済社の皆様には、大きなご支援をいただきました。ありがとうございました。

最後になりましたが、西予市とのコラボが成功し、今回もその一部について関係者の方にご協力いただだいたことに感謝します。

二〇〇九年九月吉日

編集局長　大廻　政成

日本一短い手紙　喜怒哀楽　一筆啓上賞　増補版

二〇〇九年一一月一〇日　初版第一刷発行
二〇二四年　四月二〇日　初版第四刷発行

編集者――公益財団法人丸岡文化財団

発行者――山本時男

発行所――株式会社中央経済社

発売元――株式会社中央経済グループパブリッシング
〒一〇一－〇〇五一
東京都千代田区神田神保町一－三五
電話〇三－三二九三－三三七一（編集代表）
〇三－三二九三－三三八一（営業代表）
https://www.chuokeizai.co.jp

印刷・製本――株式会社　大藤社

コラボ撮影――片山虎之介

編集協力――辻新明美

ISBN978-4-502-42650-6　C0095